Yi Zhou
Marion Rath

sān rén xíng
Annas Sommer in Beijing

Roman in chinesischen Schriftzeichen

Schmetterling Verlag

Bibliografische Informationen Der Deutschen Bibliothek
Die Deutsche Bibliothek verzeichnet diese Publikation in der Deutschen Nationalbibliografie;
detaillierte Daten sind im Internet über
http://dnb.ddb.de abrufbar

Schmetterling Verlag GmbH
Lindenspürstr. 38b
70176 Stuttgart
www.Schmetterling-Verlag.de
Der Schmetterling Verlag ist Mitglied von aLiVe

ISBN 3-89657-450-7
1. Auflage 2007
Printed in Germany

Titelbild nach einer Fotografie von Rebekka Baier
Druck: GuS-Druck GmbH, Stuttgart
Binden: IDUPA, Owen

Vorwort

Authentische chinesische Lektüre zu lesen, ist, besonders für Anfänger, ein oft hoffnungsloses Unterfangen. Mit «sān rén xíng» wird Lesen auf Chinesisch leicht gemacht. Eine amüsante Geschichte, die in einfachem und praktischem Wortschatz gehalten und fortlaufend zu lesen ist, macht vertraut mit dem chinesischen Alltag und den sprachlichen Mitteln, die man dazu benötigt. Interkulturelles Wissen wird dabei mittels alltäglicher Situationen locker vermittelt.
Die Geschichte: Anna, eine deutsche Studentin, verbringt den Sommer in Beijing bei dem jungen Chinesen Zhang Jie, den sie über das Internet kennen gelernt hat, in seiner Wohngemeinschaft. Durch ihn und seine Mitbewohnerin Wang Jiaying lernt Anna das chinesische Alltagsleben mit seinen kulturellen Schwierigkeiten kennen und verstehen: Es geht um Missverständnisse, Essensgewohnheiten, Hochzeitsbräuche ...

Vertiefende Übungen nach jedem Kapitel helfen dabei, das Gelesene einzuüben und zu behalten.

Die Lektüre setzt Elementarstufenkenntnisse voraus, eignet sich neben dem Einsatz an Universitäten und Gymnasien auch zum Selbststudium. Gleichzeitig stellt die Geschichte eine gute Vorbereitung auf erste Kontakte mit China oder mit chinesischen Gästen dar.

第一章

导读:

- 张杰和安娜，他们是怎么认识的？
- 安娜为什么要去中国？

张杰[1]，男，26 岁，中国一家公司的职员，住在北京。他有一台电脑[2]，每天上网[3]。

安娜[4]，女，22 岁，德国柏林[5]大学的学生，学习英语和汉语。她也有一台电脑，每天上网。

张杰和安娜是通过因特网认识的网友[6]。虽然没有见过面，但是他们经常通过伊妹儿[7]联系。

“你今天晚上做什么？我知道你很喜欢喝绿茶。来我家喝茶，好吗？”张杰在伊妹儿里问。

“谢谢。可是我住在柏林。等我到中国，你的茶已经冷了。”安娜回答。

“那我去柏林和你一起喝咖啡吧。”

一天早上，张杰收到了安娜的一个伊妹儿:

“张杰:

---

[1] 张杰 (Zhāng Jié)：人名。
[2] 电脑（台）(diànnǎo, tái)：计算机。
[3] 上网 (shàng/wǎng)：进入因特网 (yīntèwǎng: Internet)。
[4] 安娜 (Ānnà)：Anna。
[5] 柏林 (Bólín)：德国的首都 (Berlin)。
[6] 网友 (wǎngyǒu)：因特网上认识的朋友。
[7] 伊妹儿(yīmèir)：通过因特网传递的信件(E-Mail)。

你好！给你一个惊喜[8]：大学放暑假了。德国大学的暑假有三个月呢。我想去看看你，然后在中国旅游几个星期。下星期五德国时间 18 点 45 分我坐飞机去中国，第二天中午中国时间 11 点半左右到达北京国际机场。能不能请你帮我在北京找个小旅馆，再去机场接我？

安娜”

张杰很快回信：

“安娜：

太好了！这真是一个很大的惊喜！我一定去机场接你。

关于住的地方：我爸爸妈妈都不住在北京，我一个人在这儿工作、生活。所以我和两个朋友一起租[9]了一套公寓[10]。有一个室友[11]被公司派到上海工作三个月，他的房间现在空着。如果你愿意，可以在他的房间里住几天，在北京好好玩玩，先熟悉一下，然后再去中国其它地方旅游，好不好？

张杰”

安娜回信：

“好！谢谢你的帮助。我们机场见。”

---

[8] 惊喜 (jīngxǐ)：事先没有想到的、意外的喜悦。

[9] 租 (zū)：借住在别人的房屋里，每个月付钱（房租）。

[10] 公寓（套）(gōngyù, tào)：楼房里的一套大房间。一般都有客厅、厨房、卧室等。

[11] 室友 (shìyǒu)：住在同一个公寓里的普通朋友。

练习[12]

一. 哪句话的内容是对的，哪句是错的？请您找出来。

1. （　）张杰和安娜是通过因特网认识的朋友。
2. （　）安娜经常去张杰那儿喝茶。
3. （　）因为张杰请安娜去中国喝茶，所以安娜想要去中国旅游。
4. （　）张杰让安娜住在他室友的空房间里。
5. （　）安娜同意住在张杰室友的空房间里。

二. 请您把下面的词语填入句子中正确的地方。

1. 安娜想A旅游B。	去中国
2. 张杰A要B接C安娜D。	去机场
3. 安娜的飞机A11点B到达C北京D。	左右
4. 张杰的朋友得A在上海B工作C。	三个月
5. 安娜和张杰A是B朋友C。	通过因特网认识的

[12] 部分练习答案见附录1。

第二章

导读:

- 在北京的机场里，张杰顺利地[13]接到安娜了吗？

不久就能见到网友，张杰非常高兴，但是又有些担心[14]，因为写信联系和见面交流不一样。安娜也同样有些害怕，因为她还没有去过中国呢，对中国不了解。她又给张杰写了一个伊妹儿:

“虽然我这儿有你的照片，但是我们还没有见过面。在机场里我们怎么见面？”

张杰回信:

“很简单：我那天会穿白衬衫，黑裤子。我们在机场里的银行门口见面。”

星期六中午，安娜到达北京国际机场。拿到行李以后，她慢慢地走到银行门口。

那儿有五六个穿白衬衫、黑裤子的男人，他们正站在一起说话。

她走过去：“请问，谁是张杰先生？”

他们都笑着对安娜摇摇头[15]。有一个人说：“小姐，我们都是银行职员。没有人叫张杰。”

“对不起。”安娜说。

---

[13] 顺利 (shùnlì)：没有什么困难地。

[14] 担心 (dānxīn)：不能放心，有点儿害怕。

[15] 摇头 (yáo/tóu)：头左右晃动，表示不同意、反对。 ☯ 点头(diǎ/tóu)

“张杰好象迟到[16]了。我等一会儿吧。”她这样想着，坐在银行对面的椅子上，等着张杰。

过了一会儿，安娜看到一个穿白衬衫、黑裤子的男青年[17]向银行走去。

她走向男子，说：“对不起，我想 wěn 你……”

男青年吓了一跳[18]，看了看安娜，说：“你……你要吻[19]我？！为什么？我不认识你，小姐。……而且，我快要结婚[20]了，你不能吻我了。嘻嘻[21]！”

安娜也笑了，说：“不，不，我只是想 wěn 你，你是不是张杰先生。”

男子想了想：“小姐，你想问(wèn)我，我是不是张杰，对吗？”

“对！你是张杰吗？”

“是，我是张杰。你是……？”

“啊，太好了！张杰你好，我是安娜。我们走吧。”

“为什么？我不认识你，小姐。我们去哪儿？”

安娜觉得很奇怪：“你不是张杰吗？你不是来机场接我吗？”

“接你？……对不起，小姐，我想你认错人[22]了。大概我和你的朋友同 名 同 姓。我是出租汽车[23]司机，我是来银行取钱的，不是来接你的。”

---

16 迟到 (chídào)：比如：8 点上课，他 8 点 30 分才到。

17 男青年 (nán qīngnián)：年轻的男人。

18 吓了一跳 (xià le yī tiào)：吃惊。

19 吻 (wěn)：

20 结婚 (jié/hūn)：

21 嘻嘻（xīxī）：笑的声音。

"什么是' tóng–míng–tóng–xìng' ？"安娜听不懂。

"就是说，你的朋友叫张杰，我也叫张杰，但我不是他。"

这时候，有一个男青年很快地跑过来，看见安娜，说："对不起，小姐，请问你是德国来的安娜吗？"

"是啊。你是……？哦，上帝[24]！你也穿着白衬衫、黑裤子！"

"我是张杰，你的网友。我来接你。对不起，路上堵车[25]，所以迟到了。"

"那他……？"安娜指着另外那个人。

"你看，小姐：他叫张杰，是你的朋友。我也叫张杰，是出租汽车司机，不是你的朋友。在中国，同 名 同 姓 的人很多。你明白[26]了吗？"

"现在我明白了！你们两个人都叫张杰。"安娜笑了。

出租汽车司机张杰看了看安娜的朋友张杰，问："你是自己开车来的吗？"

"不。我没有车。我是坐出租汽车来的。"

"那你们可以坐我的车回家，我是出租汽车司机。"出租汽车司机张杰说。

"好吧，谢谢。你的车在哪儿？"安娜的朋友张杰问。

"不远。跟我来吧。"

---

[22] 认错人 (rèncuò rén)：比如：你看见前面有个人，你以为他是你朋友，走过去问好，但发现他是另外一个你不认识的人。

[23] 出租汽车(chūzū qìchē)：Taxi.

[24] 上帝 (Shàngdì)：西方基督教、天主教里最高的神(God)。

[25]堵车 (dǔchē)： 路上汽车太多了，都停在那儿不能开或者开得很慢。也叫交通阻塞(jiāotōng zǔsè)。

[26] 明白 (míngbai)：懂。

练习

一. 那句话的内容是对的，那句是错的？请您找出来。

1. (　　) 张杰和安娜将在银行门口见面，这家银行在机场里。
2. (　　) 因为路上堵车，安娜的朋友张杰迟到了。
3. (　　) 银行门口的男人们穿的衣服和张杰一样，但都不是张杰。
4. (　　) 安娜想吻出租车司机张杰。
5. (　　) 安娜的朋友张杰是出租车司机。

二. 请您把下面的词语按照正确的顺序连成句子。

1. 安娜　中国　星期　去　要　旅游　暑假里　几个
2. 张杰　见面　在　银行　安娜　和　门口
3. 出租车司机　要　了　张杰　结婚
4. 路上　迟到　张杰　因为　了　堵车　，

三. 回答问题:

- 为什么安娜会认错人？

第三章

导读：

- 在张杰住的地方，安娜认识了谁？

他们到了张杰住的地方。

张杰打开门，两只猫[27]走了过来。

“哦，它们真可爱！”安娜笑着说。

“它们是我们的好朋友。黑猫叫‘加倍[28]’，另外一只白猫叫‘拱猪[29]’。”张杰给安娜介绍两只猫。

“……？？？”安娜一点儿都没听懂。

这时里面一间房的房门打开了，传来吸尘[30]的声音。

张杰高声说：“王佳颖[31]，我们有客人了，你来一下儿。”

机器关了，房里走出来一个二十几岁的女孩，笑着说：“哦，对不起，我正在吸尘，没听见你们俩进门。”

“xī—chén?”安娜慢慢地重复着这个发音。她还没有学过这个词，不知道它是什么意思。

---

[27] 猫 (māo)：

[28] 加倍 (jiābèi): x2。比如说：4 加倍后是 8，8 加倍后是 16。这个故事里它是一只猫的名字。

[29] 拱猪 (gǒngzhū)：拱：用身体撞动别的东西。猪：。这个故事里它也是一只猫的名字。

[30] 吸尘 (xīchén)：

[31] 王佳颖 (Wáng Jiāyǐng)：人名。

“啊，对！吸尘。你看——”

看着女孩子房门口的吸尘器[32]，安娜记住了“吸尘”这个词。

张杰说：“来，我介绍一下。这位是从德国来的安娜，我的网友。她来中国玩儿，先在我们这儿住几天。安娜，这是我的一个室友，也是我的好朋友，叫王佳颖，她是一家公司的德语翻译。”

“你好！欢迎来中国，希望你能喜欢这儿。”王佳颖笑着和安娜握手[33]。

“你好！很高兴认识你。我从小就想来中国玩儿，现在终于来了！”安娜笑着说。

“哦！你的汉语说得真好！”

“谢谢！——哦，不对！我应该说：哪里、哪里。我汉语说得还不太好。”

张杰和王佳颖都笑了。

“不是吗？”安娜晃[34]着头说：“我们的汉语老师说过：在中国，别人夸奖[35]你的时候，你应该回答‘哪里、哪里’，这样表示你非常谦虚[36]，很有礼貌[37]。”

王佳颖从她房里拿了一包东西出来。

“你买什么了？”张杰问。

“你看，我买了一包枣[38]。”

---

32 吸尘器 (xīchénqì):

33 握手 (wò/shǒu):

34 晃 (huàng)：摇动，摆动。

35 夸奖 (kuājiǎng)：说…非常好，称赞。

36 谦虚 (qiānxū)：虚心，不自高自大。

37 礼貌 (lǐmào)：表示尊敬的态度或动作。

“枣？什么是枣？”安娜好奇[39]地问。她以前从来没见过，它们有点象橄榄[40]。

“这是一种树上的果实，很好吃。等会儿我们一起吃吧。”王佳颖说。

安娜看着这些中国的水果，轻声说：“zǎo，zǎo，这是zǎo。”她努力要记住这个生词。

“安娜，你来看一下房间。”张杰对安娜说，“我们现在在客厅[41]，旁边是厨房。那是你的房间，我的在你的右边；你对面的房间是王佳颖的；厨房对面是浴室，厕所在浴室旁边。你如果累了，可以先洗一个澡，然后我们一起外出吃晚饭。”

“好。谢谢。我也想洗了再吃。”安娜看着枣，轻声说。

安娜拿起了桌上的枣，向厨房走去。

张杰和王佳颖很奇怪，问：“安娜，你做什么？”

“洗枣吃啊。我不想只吃一个枣，我要吃很多枣呢。”

张杰和王佳颖，你看看我，我看看你，一起大笑起来。[42]

---

[38] 枣 (zǎo)：是枣树的果实。枣树一般生长在中国北方，果实暗红色，可以吃。

[39] 好奇 (hàoqí)：对自己不了解的事务觉得新奇，很感兴趣。

[40] 橄榄 (gǎnlǎn)：

[41] 客厅 (kètīng)：，也叫“起居室”。

[42] 请看练习。

练习

一．请您选择正确的答案：

1．　王佳颖是

a．张杰的室友　　b．张杰的好朋友

c．张杰的女朋友　　d．张杰的学生

2．在中国，别人夸奖你的时候，你应该回答

a．“不对。”　　b．“哪里，哪里。”

c．“对不起。”　　d．“没关系。”

3．安娜的房间在

a．张杰房间的右边　　b．张杰房间的左边

c．王佳颖房间的左边　　d．在张杰和王佳颖房间的中间

4．“张杰和王佳颖，<u>你看看我，我看看你</u>，一起大笑起来。”划线地方的意思是：

a．张杰看了看你

b．你看了看王佳颖

c．张杰和王佳颖互相看了看

d．张杰和王佳颖看着你和我

5．　张杰和王佳颖为什么会“一起大笑起来”？

a．因为安娜要吃很多枣　　b．因为安娜要洗枣

c．因为安娜理解错了张杰的话　　d．因为安娜不想洗澡

二．请您把这些词语填进正确的空格内。

住　　起来　　过来　　开　　起　　去

1．张杰打__________门，两只猫走了__________。

2. Anna 记____________了“吸尘”这个词。
3. Anna 拿____________桌上的枣，向厨房走____________。
4. 张杰和王佳颖，你看看我，我看看你，一起大笑________。

第四章

导读:

- 张杰、安娜和王佳颖在餐馆吃饭。安娜吃得好不好？
- 中国人在餐馆里怎么吃饭？和西方人有什么不同？

安娜洗完澡，和张杰、王佳颖一起去饭店吃饭。

张杰点了几个菜和三瓶啤酒。

张杰拿起酒杯，看着安娜，说："安娜从德国来。今晚，我们为安娜洗尘[43]，希望你在中国过得愉快。来，干杯！"

安娜睁[44]大眼睛，看看自己，说："我刚洗过澡，很干净啊。为什么你要给我吸尘？"

王佳颖和张杰想了一下，才明白安娜为什么会这么问。王佳颖对安娜说："安娜，张杰不想给你'xī–chén'，他要给你'xǐ–chén'。"

"什么叫'xǐ–chén'？这两个字怎么写？"

"安娜，你是从很远的德国来的客人。我们请你吃饭，欢迎你来中国，这就叫'洗尘'，也叫'接风'。"王嘉颖一边说，一边在纸上写下这两个字。

安娜笑了："现在我懂了。你们是在欢迎我，不是要给我吸尘、洗澡啊！——干杯！"

"干杯！"

---

[43] 洗尘 (xǐchén)：洗去尘土。

[44] 睁 (zhēng)：张开（眼睛）。

招待[45]在桌上放了两个菜。张杰拿起筷子，对大家说："来，大家吃吧。"

安娜看着桌上的两个菜，问："我们有三个人，但是桌上只有两个菜……我们怎么吃？"

"哈哈！这个嘛，不用着急，安娜。我点了七个菜，等一会儿还会有其它菜呢。你会吃得很饱。"

"七个菜……我们三个人怎么分？"安娜问。

王佳颖解释[46]："安娜，在中国，桌子上的菜大家一起吃。你可以从每个盘子里拿一些菜，放到自己的碗里，慢慢吃。"

"为什么没有饭和汤？"安娜又问。

王佳颖笑着说："在中国的餐馆里，一般是先吃菜，然后再吃饭、喝汤。"

"啊，我明白了。"安娜大声说，"好，那么，大家慢慢吃！——这句话是我们老师教的，希望我没有说错。"

王佳颖笑了，说："安娜，这句话没错。可是这句话应该张杰说，因为他是主人，你是他的客人啊。"

张杰用筷子夹[47]了一个大肉圆子[48]放到安娜的碗里，说："来，你尝尝[49]这个菜，有名的'狮子[50]头'，非常好吃。"

"狮子的头？！"

"哦，别怕！这不是真的狮子的头。'狮子头'是这个菜的名字，它只是一个肉圆子。很多中国菜的名字非常特别[51]，但

---

[45]招待 (zhāodài)：，也叫服务员。

[46]解释 (jiěshì)：把一件事情或一个问题说得很清楚，让别人明白。

[47] 夹 (jiā)（菜）：用筷子拿菜。

[48] 圆子 (yuánzi)：象球的形状。

[49] 尝 (cháng)：这儿指：试着吃没有吃过的菜。

[50] 狮子 (shīzi)：

[51] 特别 (tèbié)：不一般。 普通 (pǔtōng)

做菜用的东西很普通。比如那个菜，”张杰指着旁边的一盘菜，“它叫‘蚂蚁[52]上树’。”[53]

“蚂蚁在树上？！”

“这只是一个名字，安娜，它是用肉糜[54]和粉丝[55]一起做的。”

“你们中国人真会起名字[56]。”安娜小声说。

每[57]过几分钟，招待就给他们上一个菜。

“多吃点儿，安娜。”张杰一直在往安娜碗里夹菜。

安娜饿了，吃得很多很快。

渐渐地，安娜饱了，但是张杰还在不停地给她夹菜。她面前的碗总是满满的。安娜对张杰说：“谢谢你，张杰。但是我会自己用筷子。我不需要你的帮助。”

张杰脸红了。

王佳颖慢慢对安娜说：“安娜，你是客人，张杰是主人。在中国，吃饭的时候主人应该给客人多夹菜。这是中国人的礼貌。”

“所以他要一直给我碗里夹菜啊！”安娜这才明白，“有些菜我不喜欢吃，也只能吃下去。我现在已经非常饱了，吃不下了。可是，你看看，我碗里还有那么多菜！”

张杰和王佳颖都笑了。王佳颖说：“安娜，客人不一定要把碗里的菜都吃完。如果这个菜客人不喜欢吃，可以把它放在旁边；如果饮料不喜欢喝，也可以放在旁边。如果客人在吃饭的时候不说自己饱了，主人会一直个给他夹菜。吃饱了，客人

---

[52] 蚂蚁 (mǎyǐ)：

[53] 这两个菜怎么做？请看附录 3。

[54] 肉糜 (ròumí)：切得很碎的肉。

[55] 粉丝 (fěnsī)：用米粉做成的细丝。亚洲店有卖。

[56] 起名字 (qǐ/míngzi)：给……一个名字。

[57] 每 (měi)：指动作过一段时间就重复一次。

应该说：‘谢谢。我已经吃饱了。’主人会说：‘再吃点儿吧。’客人得说：‘真的吃饱了，吃不下了。谢谢！’”

“为什么？”安娜问。

“因为这是中国人的礼貌！”张杰和王佳颖一起回答。

安娜睁大了眼睛。她从来没有想到，中国人的生活习惯和西方有这么大的不同。她不知道以后还会见到些什么有趣的东西。

菜快要吃完了。

张杰又要了一些饭和一大碗汤。

他对安娜说：“来，安娜，吃些饭，喝点儿汤吧。”

安娜看着这一大碗汤，慢慢地说：“这汤……一大碗……，我一个人吃不了！”

“吃汤？”张杰不明白。

“让我来解释吧。”王佳颖说：“张杰，德国人喜欢‘吃汤’。安娜，中国人只‘喝汤’，不‘吃汤’！”

张杰和安娜都笑了。

“安娜，这一大碗汤是给我们大家的。你可以用勺子[58]舀[59]一些汤到你的碗里，慢慢喝。就象我这样……”王佳颖拿起大汤碗里的勺子，舀了一些汤到自己碗里，慢慢地喝。

安娜明白了，她也学着，慢慢地喝汤。

晚饭吃完了。

“结帐[60]！”张杰向招待招手[61]。

安娜也拿出了钱包。

---

[58] 勺子 (sháozi)：

[59] 舀 (yǎo)：用勺子取东西。

[60] 结账 (jié/zhàng)：算一算顾客应该付多少钱。也叫“买单”。

[61] 招手 (zhāo/shǒu)：抬起手对某人挥动。

张杰见了，马上大声说：“今天的饭我请客[62]。”

“那好啊！谢谢！”安娜和王佳颖都笑了。

---

[62] 请客 (qǐng/kè)：出钱请朋友去吃饭、看电影等。

练习

一．填空：

在中国的饭店里，开始吃菜的时候，主人应该对大家说________________________。喝酒的时候，大家应该说______________________。桌上的菜______________________。吃菜的时候，主人会给客人________________________。在中国的饭店里，一般先吃________，然后吃_________喝________。

二．请您指出那些句字<u>没有</u>语法错误。

1. a. Anna吃饭得很饱。
   b. Anna吃饭吃得很饱。
   c. Anna吃得很饱。
   d. Anna饭吃得很饱。

2. a. 这句话是我们老师教的。
   b. 这句话我们老师教的。
   c. 这句话是我们老师教。
   d. 这句话我们老师教。

3. a. 张杰点了很多菜。
   b. 张杰点了很多的菜。
   c. 张杰点了多菜。
   d. 张杰点了菜。

第五章

导读:

➢ 安娜到中国的第二天，她和张杰一起做了些什么？

（一）

第二天是星期天。

一大早[63]，街上传来了各种各样[64]的声音，很吵[65]。虽然因为时差[66]，安娜非常累，但还是被吵得睡不着觉。

听见客厅里张杰和王佳颖在小声说话，安娜走出房间，向他们道[67]早安。

“安娜，怎么不睡了？是不是我们说话声音太响，把你吵醒了？中国和德国夏天有 6 个小时的时差，你现在一定很累。再睡一会儿吧。”

安娜说：“是很累！可是街上很吵，我睡不着。今天这儿有什么活动吗？”

“没有活动。很抱歉[68]，安娜，中国人喜欢‘早睡早起’：晚上 10 点，很多中国人已经上床睡觉了；早上 6 点钟，他们已

---

63 请看练习。

64 各种各样 (gèzhǒnggèyàng)：很多不一样的。

65 吵 (chǎo)：声音很响。

66 时差 (shíchā)：两个地方时间上的差别。比如：冬天，德国时间是上午 10 点，在中国已经是下午 5 点了。

67 道 (dào)：说。一般用于书面语，表示有人说话。比如：安娜笑道=安娜笑着说。

68 抱歉 (bàoqiàn)：心中不安，觉得对不起别人。

经起床了。很多人周末也很早起床，出去买菜或者锻炼身体。而且，中国人说话的声音都不小，所以你觉得吵了。”

“是吗？！真有趣！在德国可不是这样：德国人周末的时候喜欢晚点儿睡觉，第二天晚点儿起床。早上 9 点以前，你不应该发出太大的声音，吵醒你的邻居。”

王佳颖笑着说：“原来是这样啊！去年秋天我去了一次德国。星期天上午快 10 点了，街上也没有几个人。我想：我的手表是不是坏了？！”

大家都笑了。

早饭后，张杰陪安娜游览[69]北京。

安娜不想坐出租汽车。中国的一切对她来说都是新的，非常有趣。她要在中国的街上走走，看看中国人的生活。

走在路上，安娜到处看，惊奇[70]地对张杰说：“你们中国人，真勤劳[71]。连商店也在叫大家早点儿[72]起床！”

“什么意思？我不明白你在说什么。”

“你看，现在还不到 8 点，那家商店已经开门了，旁边的墙上写着：‘早点’。这不是让大家都早点儿起床吗？”

张杰看了看，笑出了声：“安娜，你误会[73]了。这家店卖热的 早 点 ——就是早饭的意思，不是让你早点儿起床的意思！中国人喜欢每顿饭都吃热的，有时候早上没有时间自己做，或者周末早上不愿意自己做，就去这些店买热的早饭。”

“哈哈！原来是这样。这儿是卖早饭的地方啊！”

---

[69] 游览 (yóulǎn)：在一个地方旅游。

[70] 惊奇 (jīngqí)：觉得很奇怪。

[71] 勤劳 (qínláo)：做事很努力，尽力多做。 ☯ 懒惰 (lǎnduò)

[72] 早点儿 (zǎodiǎnr)：时间上靠前，不要太晚。

[73] 误会 (wùhuì)：错误地理解，想错了。

北京的街道上，汽车一辆接一辆[74]，行人[75]也非常多。张杰和安娜走得很慢。可是他们还是不时地[76]碰到别人。

"上帝！这儿怎么有那么多人？！"安娜转过头问张杰："我们在哪儿？"

"在中国，在北京啊！……怎么了？"

"今天是什么节日？"

"今天没有节日啊。"

"可是……怎么有那么多人？我好象在德国慕尼黑[77]参加十月啤酒节[78]！"

"安娜，中国人非常多，全中国有 13 亿人口呢。城市里的人也很多，北京市有一千五百万人，大概每平方公里[79]有近三万人！在中国的大城市里，你每天都会看到这么多人。"

"我的上帝！"安娜叫了起来，"柏林只有四百五十万人，每平方公里只有四千人左右。我在德国学汉语的时候，老师说中国人很多。现在我才真正明白，中国人真的非常非常多！我的上帝！"

"不，安娜，中国人不说'我的上帝'。我们中国人说'我的天'！"

（二）

天气很好。

---

[74] 请看练习。

[75] 行人 (xíngrén)：在路上走的人。

[76] 不时地 (bùshíde)：常常。

[77] 慕尼黑 (Mùníhēi)：德国东南部的一个大城市(Munich)。

[78] 十月啤酒节 (Shíyuèpíjiǔjié)：慕尼黑市的传统节日之一(October festival)。

[79] 每平方公里 (měi píngfānggōnglǐ)：per km^2。

非常热。天蓝蓝的，没有一朵云，太阳明晃晃地照着。安娜一直在出汗[80]。她看到街上很多女孩子都撑着伞[81]走路，奇怪地问张杰："她们为什么这么做？没有下雨呀。"

张杰解释："因为女孩子们不愿意被太阳晒[82]黑，所以夏天天好的时候，很多女孩子出门撑伞。"

安娜不懂："我们西方人夏天非常喜欢做日光浴[83]，让太阳把身体皮肤晒黑。深色的皮肤看上去很健康啊。为什么中国女孩子不喜欢深色皮肤呢？"

"因为中国人一直都认为皮肤白很好看啊！"

"是吗？！真有意思！"安娜笑。

他们俩在太阳下走了很久，都渴了。安娜看见路旁有个小卖部[84]，对张杰说："你等一下，我去买些喝的。"

她走到小卖部，她前面的一个人买了一瓶饮料。她不知道这种饮料中文怎么说，对售货员说："我也要两瓶这种饮料。"

这时候有几辆大卡车[85]开过，声音很大，售货员听不清楚安娜的话。

安娜指指那瓶饮料，又伸[86]出了拇指[87]和食指[88]。

---

[80] 出汗 (chū/hàn)：因为很热，皮肤渗出水分。

[81] 伞 (sǎn)：　撑 (chēng) 伞：把伞打开。

[82] 晒 (shài)：让太阳照在……上。

[83] 日光浴 (rìguāngyù)：

[84] 小卖部 (xiǎomàibù)：卖报纸、点心、饮料等东西的小商店。

[85] 卡车 (kǎchē)：

[86] 伸 (shēn)：展开。

[87] 拇指 (mǔzhǐ)：

售货员给了安娜八瓶饮料。

"对不起，"安娜叫道："我不要这么多。我、我、我只要两瓶——两 瓶！！"

"可是小姐，你告诉我你要八瓶。"售货员说。

张杰走过来，问："怎么了？"

安娜说："我只要两瓶饮料，可是她给了我八瓶。我不要这么多！"

售货员对张杰和安娜伸出了拇指和食指，大声说："小姐，我看得清清楚楚，你要八瓶饮料！"

"可是……等等，张杰，这个手势[89]在中国是什么意思？"安娜对张杰伸出拇指和食指，问。

"安娜，这是'八'的意思。"

"啊！可是，这个手势……在德国……是'二'的意思啊！"安娜笑不出来了，"那么，我们就买八瓶吧。你喝五瓶，我喝三瓶！"

（三）

天快要黑了。他们俩在北京玩了一天，参观了天安门广场和故宫[90]，又累又饿，都走不动了，想找个小饭店吃晚饭。

"安娜，你想吃什么？"张杰问。

"我想吃炒[91]面。我在柏林的时候，经常去中国饭店吃炒面。"

---

[88] 食指 (shízhǐ)：

[89] 手势 (shǒushì)：用手做出的各种姿势、样子，表示一定的意思。

[90] 天安门广场 (Tiān'ānménguǎngchǎng): Tian'anmen Square.

故宫 (Gùgōng): the Imperial Palace.

[91] 炒 (chǎo)：做菜的方法。锅里放油，加热，把食物放进去，不断翻动，让食物熟。

张杰听了，笑着说："好！我们去吃面条。"

他们走进了一家小饭店。厨房墙上有一块大玻璃，大家能看见厨师[92]怎么工作。张杰小声说："安娜，你看，厨师正在做面条。他们这儿的面条都是自己做的，非常好吃。你看见了吗？"

安娜看着一个面团[93]在厨师的手里越拉越长，慢慢变成一根根非常细[94]的面条。

过了一会儿，安娜面前就放了一大碗面条。安娜问："面条怎么是放在一大碗汤里的？"

"安娜，在德国大概只有炒面；在中国，面条一般是放在汤里的。"

"怎么吃？"

"这样吃，你看。"张杰用筷子夹起一些面条，吸进嘴里，又用勺子舀了些汤喝，发出"xuxu"的声音。

安娜很不习惯吃饭时有这样的声音。可是，她看见其他人也这样吃面条，发出"xuxu"的声音，想：大概中国人都是这样吃面条的吧。她低下头[95]，也象张杰那样，用筷子夹起一些面条吃，又用勺子舀着汤喝。

汤里有牛肉，很好吃，但是有些辣[96]。慢慢地，安娜出汗了，鼻子里也觉得不舒服。

她大声地擤[97]鼻子。

---

[92] 厨师 (chúshī)：

[93] 面团 (miàntuán)：面粉加水，用力揉成一团。这就是面团。

[94] 细 (xì)：☯ 粗(cū)。

[95] 低（下）头 (dīxià/tóu)：头向下垂。 ☯ 抬（起）头 (táiqi/tóu)

[96] 辣 (là)：一种味道。比如： 很辣。

[97] 擤 (xǐng)：

周围的人都不吃面条了，回头[98]看着安娜。张杰也抬起头，瞪[99]着安娜。

安娜明白了：在德国，她可以大声地擤鼻子，不能大声地吃东西；在中国，她可以大声地吃东西，但是不能大声地擤鼻子。

[98] 回头 (huí/tóu)：转过头来。
[99] 瞪 (dèng)：睁大眼睛看。

练习

一．请您选择正确的答案：

1．“一大早，街上传来了各种各样的声音，很吵。”

这句话里，“一大早”的意思是：________________

a．早上很早的时候　　b．早上一点钟的时候

c．早上很大　　d．很大的早上

2．如果德国现在是6月8号早晨5点，中国应该是几点？

a．6月8号中午12点　　b．6月8号中午11点

c．6月7号晚上10点　　d．6月7号晚上11点

3．星期天早上，安娜为什么睡不着觉？

a．因为时差，所以安娜睡不着觉

b．张杰和王佳颖说话太响，所以安娜睡不着觉

c．因为街上太吵了，所以安娜睡不着觉

d．因为安娜不累，所以她不想睡觉了

4．“路上汽车一辆接一辆……”

这句话的意思是：________________

a．汽车在路上开　　b．路上有一辆汽车接另外一辆

c．路上汽车很多　　d．路上只有一辆汽车

5．北京有一千五百万人口，那是

a．1500 million　　b．150 million

c．15 million　　d．1,5 million

6．夏天天好的时候，中国女孩子出门时撑伞是为了

a．避雨　　b．不让别人看见自己的脸

c．为了不被晒黑　　　　　　　　　d．把自己藏起来

7. 同时伸出食指和拇指，对中国人是

a．向别人问好　　　　　　　　　b．表示“二”

c．表示不好　　　　　　　　　　d．表示“八”

8. 在中国，你可以__________，但是只能__________。

a．大声吸面条　　　　　　　　　b．大声擤鼻涕

c．小声吸面条　　　　　　　　　d．小声擤鼻涕

二. 请您把这些词语填进正确的空格内。

用　　　因为　　　都　　　瓶　　　被　　　又……又

1. 一大早，________街上很吵，安娜________吵醒了。
2. 在中国的大城市里，街上每天________有很多人。
3. 售货员给了安娜八________饮料。
4. 玩了一天，安娜和张杰________累________饿。
5. 中国人________筷子吃面条。

三. 回答问题:

➢　在这一天里，安娜经历了哪些和西方不一样的生活习惯？你还知道哪些？请说一说。

第六章

导读:

➢ 安娜得自己做中国饭。她成功了吗?

安娜到中国已经一个多星期了。白天，张杰和王佳颖都去公司上班，安娜一个人出去游览北京。她先后参观了天坛、颐和园、明十三陵[100]等地方，还登上了长城[101]。"中国有句话：'不到长城非[102]好汉[103]！'我登上了长城，我是个'好汉'！"安娜自豪[104]地对张杰和王佳颖说。晚上，大家一起做晚饭。安娜学会了做一些简单的中国菜。

这天，张杰对安娜说："安娜，今天我和王佳颖都得在公司加班[105]，你能不能一个人做晚饭？"

"好，我试试。"

张杰从冰箱里拿出几盒东西，告诉安娜："你只要把它们放到微波炉[106]里热一下，就可以吃了。盒子上面有说明，你看得懂吗？"

---

[100] 天坛 (Tiāntán): the Temple of Heaven.
颐和园 (Yíhéyuán): the Sommer Palace.
明十三陵 (Míngshísānlíng): the Ming Tombs.

[101] 长城 (Chángchéng): the Great Wall.

[102] 非 (fēi)：不是

[103] 汉 (hàn)：男人。

[104] 自豪 (zìháo)：为自己或别人成功地做一件事儿感到高兴。

[105] 加班 (jiābān)：下班以后不能马上回家，得继续工作。

[106] 微波炉 (wēibōlú)：

安娜说："没问题。你放心吧，我来做晚饭。"

晚上，张杰先回家。他一边走进厨房，一边问："安娜，晚饭做得怎么样？"

安娜没有回答他。她正在把盒子里的食物[107]放进一只大锅[108]里煮[109]。

张杰觉得很奇怪。

"你看，"安娜指着盒子上的说明，道："这儿写着'10分钟高火'，微波炉里怎么能点火[110]呢？！"

张杰忍不住笑："安娜，'高火'是指：你在用微波炉做饭做菜的时候，用最高的功率[111]！"

安娜没有笑。她看看张杰，轻轻说："对不起！我……我把所有的事情都做错了。我真笨！"

"不不不，安娜，你不笨，你很聪明！你的汉语说得很好。只是你还不太了解中国。……你煮的东西非常好吃！你看，我已经吃了很多了。我饿了，我们一起吃饭吧。"张杰拍拍安娜。

"谢谢你！"安娜轻轻地拥抱[112]张杰。

她抬起头，看到张杰的脸红了。

"哦，对不起！我忘了：我们老师说过，中国人不喜欢拥抱！"

安娜转身进了自己的房间。

---

107 食物 (shíwù)：吃的东西。

108 锅 (guō)：

109 煮 (zhǔ)：把食物放在锅里，加水，加热，让它熟。

110 点火 (diǎn/huǒ)：

111 功率 (gōnglǜ)：比如：很多微波炉的功率是 800Watt。

112 拥抱 (yōngbào)：

又过了几天，张杰见安娜早饭吃得越来越少，问："安娜，你不舒服吗？早饭时你胃口不好[113]。"

"没有啊。中国菜太好吃了。你看，我每天晚上都吃得很饱。所以早上起床时我还不饿。我要减肥[114]。"安娜拍着肚子说。

王佳颖笑道："我想啊，安娜，你不是要减肥。我看，你大概吃不惯[115]中国的早饭吧。"

安娜也笑了："你猜对了。西方人早饭时喝咖啡、牛奶、果汁，吃面包、黄油、果酱，或者肉肠和奶酪。可是这儿……，中国人喜欢喝粥[116]，吃面条、馒头[117]等热的东西，是吗？"

"哦，对不起，安娜，我没有想到你吃不惯这儿的早饭。"张杰说，"这样吧，中国的商店里也有咖啡、面包、果酱，我们现在就去买一点儿吧。"

王佳颖知道，安娜有点儿想家了。她建议："今天晚上我们不做饭，一起去饭店吃西餐[118]，好吗？"

"好啊！那晚上我请客。"安娜高兴地笑了。

---

[113] 胃口不好 (wèikou bù hǎo)：不想吃饭，吃得很少。
[114] 减肥 (jiǎnféi)：觉得自己很胖，想办法让自己瘦一点儿。
[115] 吃不惯 (chī bú guàn)：吃饭方面不习惯。
[116] 粥 (zhōu)：大米加很多水，用小火慢慢煮出来的饭食。
[117] 馒头 (mántou)：和 sweat yeast dampling 相似，但是不甜，也可以加肉馅。
[118] 西餐 (xīcān)：西式食物。 ☯ 中餐

练习

一. 请您根据课文内容填空:

张杰和王佳颖晚上得____________________，所以安娜要____________________。

她没有______________________________，而是______________________________。

二. 请您选一个正确的词语填入空格。

1. 安娜一个人________北京。

a.旅游　　b.游览　　c.参观　　d.访问

2. 安娜早饭吃________越来越少。

a.的　　b.地　　c.得　　d.底

3. 张杰没有想________安娜吃不惯中国的早饭。

a.好　　b.完　　c.着　　d.到

三. 回答问题:

➢ 张杰为什么会脸红？

➢ 中国人早饭时除了喝粥、吃面条和馒头，还喜欢喝什么东西，吃什么东西？你知道吗？如果不知道，请你问问你的中国朋友们。

第七章

导读:

- 中国人的婚礼是什么样的？
- 中国人初次见面时，会谈些什么问题？

一天上午，王佳颖对安娜说："我有一个表妹[119]，住在天津[120]。她下星期结婚，知道你从德国来，想请你去参加婚礼[121]。你愿意和我一起去看看吗？"

"当然愿意！我还没有见过中国人的婚礼呢。"

过了一会儿，安娜问王佳颖："很多西方人在教堂[122]结婚。你们中国人在哪儿结婚，怎么结婚？"

王佳颖想了半天[123]，才说："这个……很难回答。在中国，大多数中国人不在教堂结婚，因为他们不信教。结婚后，很多妻子将住在丈夫[124]家，或者夫妻自己买房住。所以婚礼那天，新郎得去接新娘[125]。新娘和她父母告别[126]后，和新郎一起去他们的新家。那天，他们会请很多亲戚[127]、朋友，大家一起在饭

---

119 表妹 (biǎomèi)：妈妈的姐姐/妹妹的女儿或者爸爸的姐姐/妹妹的女儿，她的年龄比你小。

120 天津 (Tiānjīn)：在北京东南方的一个大城市，离北京 120 公里。

121 婚礼 (hūnlǐ)：结婚仪式。

122 教堂 (jiàotáng)：

123 请看练习。

124 妻子 (qīzi)：结婚后的女方。 ☯丈夫 (zhàngfu)：结婚后的男方。

125 新郎 (xīnláng)：结婚时的男方。 ☯新娘(xīnniáng)：结婚时的女方。

126 告别 (gàobié)：和……说再见。

127 亲戚 (qīnqì)：和你有亲属关系的人。比如：哥哥、叔叔、阿姨等。

店里吃饭、庆祝。最后大家去新房[128]和新郎新娘开玩笑，祝他们生活幸福。”

婚礼的前一天，王佳颖和安娜一起坐火车去天津。她们打算[129]在表妹家过夜，第二天再参加婚礼。王佳颖的表妹看见安娜，非常高兴：“安娜，你真漂亮，你真高！”

安娜笑着回答：“哪里、哪里。我不漂亮，我也不高——我身高只有一米七八。”

“还不高啊！我比你矮[130]二十厘米呢！”

大家都笑了。王佳颖对安娜说：“安娜，别人说你漂亮的时候，你不用谦虚。另外，你身高一米七八，对中国女孩子来说，你很高！”

新娘的母亲请安娜坐，喝茶。她一个劲儿地看着安娜[131]，问她：“安娜，你多大了？有兄弟姐妹吗？”

“我今年二十一岁。有一个哥哥，已经工作了，也结婚了。”

“哦！那你爸爸妈妈呢？他们多大岁数？还工作吗？你哥哥有孩子了吗？”

“嗯……”安娜不知道应该怎么回答。

“你在哪儿工作啊？”

“我还是学生呢。我在柏林大学学习。现在大学放暑假，我来中国旅游。”

“除了读书，你还打工[132]吗？”

“我在大学图书馆打工。”

---

128 新房 (xīnfáng)：新婚的人过夜的房间。

129 打算 (dăsuàn)：想，准备。

130 矮 (ăi)：☯高

131 请看练习。

132 打工 (dă/gōng)：做些零时性的工作。

“你每个月收入[133]有多少？”

安娜笑了笑，看看王佳颖，没有回答。

“你住在哪儿？”

“我住在学生宿舍。”

“你爸爸妈妈呢？他们在哪儿工作和生活？”

“他们也住在柏林。”

“那你为什么不跟你父母一起住？为什么要一个人住？”

安娜问：“我已经二十一岁了，为什么还要和我爸爸妈妈住在一起？您的孩子长大了，不是自己一个人住吗[134]？”

王佳颖的表妹说：“大部分中国人结婚前都是和父母住在一起的。我表姐因为一个人在北京工作，才和朋友们一起租房子。结婚后，很多妻子也和丈夫的爸爸妈妈住在一起。以后有了孩子，爷爷奶奶可以帮助照看[135]小宝宝，孩子们也都会照顾老人。”

安娜睁大了眼睛。她第一次了解普通中国人的生活。这些生活习惯和西方有那么大的不同。

晚饭以后，安娜和王佳颖出去散步。王佳颖对安娜说：“安娜，我姨妈[136]问了你很多私人[137]问题，你别生气。我知道，对西方人来说，谈这些是不礼貌的。但是对于中国人，家庭、工作、收入等都可以谈论。”

“我能理解，没关系。”安娜回答，“但是，你表妹说，很多中国人都和父母住在一起，我想知道：这是真的吗？”

---

133 收入 (shōurù)：工资。也叫“薪水 (xīnshuǐ)”。

134 请看练习。

135 照看 (zhàokàn)：照顾看护。比如：给宝宝喂饭，换尿布，和宝宝玩等。

136 姨妈 (yímā)：妈妈的姐姐或者妹妹。

137 私人 (sīrén)：个人的，不公开的。

“以前，一个大家庭里的人往往都住在一起，年纪大的人会受到大家的尊敬[138]，生活由孩子们照顾。现在社会变化了，大家庭的生活在大城市里已经不存在了，但是尊敬、照顾老人，仍然是我们的传统[139]。你们德国人呢？”

“在现代的德国社会里，一般情况下，孩子二十岁后都搬出父母家自己住。父母老了，一般都不会要求孩子们照顾生活，他们有退休金[140]，年纪大了，可以住到养老院[141]里；他们也不会每天帮孩子照顾孙子孙女，那是孩子们自己的事情！”

这下，王佳颖惊奇地睁大了眼睛，说不出话了。

---

138 尊敬 (zūnjìng)：重视，并且很有礼貌地对待。

139 传统 (chuántǒng)：一个社会里很长时间以来一直保留下来的思想和行为方式。

140 退休金 (tuìxiūjīn)：退休：年龄大了，不用再工作。
退休金：退休以后每月得到的生活费用。

141 养老院 (yǎnglǎoyuàn)：照顾老年人生活的地方。

练习

一. 哪句话的内容是对的，哪句是错的？请您找出来。

1.（　）新娘是王佳颖的朋友。

2.（　）中国人一般不在教堂结婚。

3.（　）王佳颖的父母也都住在北京。

4.（　）中国人现在都住在大家庭里。

二. 请您选择正确的答案：

1. 王佳颖表妹身高

a. 一米六八　　　　b. 一米五八

c. 一米二十　　　　d. 一米九八

2. "新娘的母亲<u>一个劲儿</u>(yīgèjìngr) 地看着安娜"这句话的意思是：

a. 新娘的母亲一直在看着安娜。

b. 新娘的母亲看了安娜一眼。

c. 新娘的母亲不看安娜。

d. 新娘的母亲很想看安娜。

3. "您的孩子长大了，不是自己一个人住吗？"这句话的意思是：

a. 您的孩子长大了，不是自己一个人住，是吗？

b. 您的孩子长大了，是不是自己一个人住？

c. 您的孩子长大了，自己一个人住，不是吗？

d. 您的孩子长大了，不知道住在哪儿，是吗？

4. "王佳颖想了半天"这句话的意思是：

a. 王佳颖想了一个上午　　　　b. 王佳颖想了很长时间

c．王佳颖想了一会儿　　　　d．王佳颖想了想

三．下面这些话都有语法错误，请您改正。

1．王佳颖的表妹就要结婚。

2．安娜很高，和很漂亮。

3．安娜把很多问题回答了。

4．安娜学习在柏林。

5．以后晚饭了，安娜出去散步。

6．我二十厘米矮比你。

四．回答问题:

➢　你和中国人第一次见面，中国人可能会问你些什么问题，你知道吗？

第八章

导读:

➢ 举行婚礼那天，发生了什么事情？安娜为什么哭了？

第二天，安娜很早就起床了，高兴地帮新娘做准备。按照中国的传统，新娘穿了红衣服、红裙子和红鞋。下午，新郎来接新娘。安娜给他们一个很漂亮的大盒子，说：“这是我给你们的礼物！我刚跟王佳颖学了一句话：祝你们恩恩爱爱[142]，白头到老[143]！”

新郎新娘高兴地说谢谢。他们没有打开盒子，把它交给了别人。

客人们也都来了，笑着大声祝愿新郎新娘生活幸福。安娜看到：很多客人并没有给新郎新娘礼物，而是给他们一个小的红纸包。她转身问王佳颖。王佳解释：“这叫‘红包’。里面是钱。中国人结婚的时候，参加婚礼的客人一般不送礼物，而是送钱。不过你送给他们一个德国的礼物，也很好啊！”

安娜、王佳颖和客人们跟新郎新娘到了他们的新家，大家一起参观新房。新房很漂亮，到处都贴着红纸剪的“喜”字[144]

晚上，大家都去饭店吃饭。王佳颖说，这叫“喜筵[145]”，也叫“喜酒”。菜非常丰盛[146]，客人们大声说笑。安娜悄悄[147]问

---

[142] 恩爱 (ēn'ài)：一对夫妻，互相深爱对方，生活很幸福、美满。

[143] 白头到老 (báitóudàolǎo)：夫妻幸福地生活在一起，直到老。

[144] 喜 (xǐ)：高兴、快乐、庆贺。婚礼上，这个字用红纸剪成囍（双喜）的样子，贴在新房里。

[145] 筵(yán)：酒席，招待客人用的整桌的菜和酒。

[146] 丰盛 (fēngshèng)：指菜做得很多。

王佳颖："为什么他们这么吵？"王佳颖笑着回答："安娜，西方人在饭店里吃饭时要安静；中国人却不喜欢安静，我们喜欢热闹[148]。特别是在喜筵上，越热闹越好！"

新郎新娘走到每一张桌旁，向客人们敬酒[149]。客人们都想尽办法，和新郎新娘开玩笑，让新郎新娘多喝酒。

安娜觉得很有意思，笑眯眯地看着，吃了很多菜，喝了很多酒。

饭后，大家又去新房，和新郎新娘开各种玩笑，让新郎新娘唱歌、表演节目。新房里非常热闹，笑声不断。王佳颖对安娜说，这叫"闹洞房[150]"。安娜开心地大笑，又喝了很多酒。

一张桌子上，放着安娜的礼物盒子，一直没有打开。

天很晚了，客人们都准备回家。安娜忍不住了，对新郎新娘说："嗨！你们……你们还没有……打开我的礼物呢！看看吧。肯定会有大……惊喜的！"

王佳颖笑了，说："安娜，你醉[151]了。我们走吧。"

新郎新娘笑着说："好吧！我们来看看，德国朋友给我们带什么礼物。一定非常贵重[152]。"

他们拿起了安娜的大纸盒子，打开，里面还有一个小盒子。客人们都安静下来，看着纸盒子。每个人都想知道，安娜送了什么礼物。

盒子慢慢打开了——

里面有一只很大很漂亮的德国黑森林[153]杜鹃鸟钟[154]。

---

[147] 悄悄 (qiāoqiāo)：小声地。

[148] 热闹 (rènao)：指气氛热烈。　　☯ 安静 (ānjìng)

[149] 敬酒 (jìng/jiǔ)：有礼貌地请客人喝酒。

[150] 洞房 (dòngfáng)：新房。

[151] 醉 (zuì)：喝了很多酒，不能正常思想、行动。

[152] 贵重 (guìzhòng)：东西价格高，很珍贵。

[153] 黑森林 (Hēisēnlín)：德国南部的森林地带 (the black forest)。

没有人说话，也没有人笑。大家都看着安娜。

“怎么了？你们……你们都不喜欢这个礼物吗？”安娜问。

过了半天，新郎新娘才冷冷地说：“谢谢。”

王佳颖摇摇头，拍拍安娜，说：“我们走吧。”

回北京的火车上，安娜哭了。她问王佳颖：“我又做错了什么？为什么他们不打开我的礼物？为什么没有人喜欢我的礼物？难道[155]我的礼物不好吗？”

王佳颖拍拍安娜的手，说：“安娜，你的礼物非常贵重。可是，我得解释：第一，在中国，主人都是在客人走后才打开礼物的。第二，在中国，客人绝对[156]不能送钟。”

“为什么？！”

王佳颖拿出纸和笔，写了“送钟”和“送终”两个词，说：“安娜，这两个词都读‘sòngzhōng’。”

安娜指着第二个词问：“这是什么意思？”

“举个例子[157]：张三[158]的爸爸生病，快要死了，张三照顾他，直到他死去。这，叫送终。在中国，和死亡有关的事情最好不要直接谈论，有关的词最好也不要说。‘送钟’和‘送终’，这两个词都读‘sòngzhōng’，所以中国人不能把钟送给别人。这方面还有一些例子，比如：中国人不喜欢‘四’，因

---

[154] 杜鹃鸟钟 (Dùjuānniǎozhōng):

[155] 难道 (nándào)：副词，用在反问句中，加强反问的语气。
“难道……吗？”的意思是：……，不是吗？！

[156] 绝对 (juéduì)：一定，完全。

[157] 举例子 (jǔ/lìzi)：用一件具体的事情来说明一个道理。

[158] 张三 (Zhāng Sān)：中国人经常用“张三”、“李四 (Lǐ Sì)”指任何一个人。也可以用“某某(mǒumou)”或“某人 (mǒurén)”指代。

为‘四’的发音[159]和‘死’很近；中国人喜欢‘八’，因为‘八’的发音和‘发’很近，是‘发财[160]’的意思。”

安娜想了半天，说：“明白了。谢谢你的解释。可是，礼物我已经送出去了。他们会怎么看我呢？他们会生气吗？”

“别担心。大家都知道，你是德国人，不了解中国的文化。他们不会对你生气。”

“那么……那只钟？他们会挂在新房里吗？”安娜想知道。

“这个……我们最好不要去想了。”

安娜叹了一口气[161]，说：“我觉得，虽然我会说一些汉语，但在中国生活还是很困难。”

她转过身去，看着窗外，不再说话。

[159] 发音 (fāyīn)：发出的声音。这里指一个字的读音。

[160] 发财 (fā/cái)：在不长的时期里一下子拥有很多钱。

[161] 叹气 (tàn/qì)：呼出长气，发出声音。

练习

一．请您把下面的词语按照正确的顺序连成句子。

1. 安娜　王佳颖　天津　和　参加　一起　婚礼　去
2. 我　漂亮　的　难道　礼物　不　吗
3. 生气　不　对　他们　你　会
4. 安娜　中国的　有意思　觉得　很　婚礼
5. 越　婚礼　越　热闹　好

二．回答问题:

1. 中国人结婚的时候，客人一般会送什么礼物？
2. 客人们会对新郎新娘说什么祝福的话？你还知道其他的祝福的话吗？
3. 你参加过中国人的婚礼吗？如果参加过，能不能描述一下婚礼？
4. 在中国，主人应该什么时候打开客人的礼物？在你们国家呢？
5. 在中国，为什么客人不能把钟送给主人？
6. 中国人喜欢哪些数字，不喜欢哪些数字？除了第八章里说到的，你还知道哪些？

第九章

导读:

- 为什么安娜不想外出旅游了？
- 张杰和王佳颖怎么帮助安娜？

（一）

第二天晚上，张杰和王佳颖一起敲着安娜的房门[162]。

“安娜，你怎么了？不舒服吗？你一个人待在房间里已经一天了。快出来吧，我们一起出去吃西餐。”

安娜打开了房门，走到厨房坐下，说：“谢谢。我不想吃东西。”

张杰低头看着安娜，问：“你不饿吗？”

“不！”

“你看，你还是饿了。我们快吃饭吧。”

“我说了，我不饿！”

张杰不懂了：“安娜，你说过你很饿。”

“没有！你问我饿不饿，我说‘不’！”

“对啊，说明你很饿啊！”

安娜瞪着张杰，不明白他是什么意思。张杰抓着头发，也不懂安娜为什么会这么说。

王佳颖明白了，对安娜说：“安娜，张杰刚才问你‘你不饿吗？’你应该回答‘对’。”

“为什么？”

---

162 敲门 (qiāo/mén)：用手在门上轻打，发出声音。

“对这类问题，中国人和西方人的回答是不一样的。张杰问‘你不饿吗？’，西方人会回答‘不’，就是说你真的不饿；但是中国人会回答‘是’，就是说张杰的猜测[163]是对的，你不饿。如果你用汉语说‘不’，那就说明张杰的猜测错了，你现在很饿。”

“啊？！”安娜觉得她的头都大了[164]，“好吧，我想说：我不饿。房间里有饼干[165]和水，我吃过了。我不想出去，我不想外出旅游了。——汉语太难了。我学不好！这儿有猫，和它们玩，我不用说汉语。”

张杰和王佳颖互相看了看。

想了一会儿，张杰说：“有了！安娜，你不想说汉语，是吗？我们现在来玩一个不用说汉语的游戏[166]吧。我们来打牌[167]，好吗?”说着，张杰到他房里去拿牌了。

一转眼[168]，张杰从房间里拿出一副[169]牌，说：“来，我们玩一种纸牌游戏，叫‘拱猪’。”

王佳颖笑着说：“好主意！”

“‘拱猪’？这不是猫的名字吗？”安娜问。

“安娜，你知道这两只猫为什么叫‘拱猪’和‘加倍’吗？”

安娜摇头。

“‘拱猪’就是这种纸牌游戏的名字，‘加倍’是这个游戏里一张牌的名字。因为我们非常喜欢打这种牌，所以给这两

---

163 猜测 (cāicè)：不知道真实情况，估计。

164 请看练习。

165 饼干 (bǐnggān)：

166 游戏 (yóuxì)：娱乐活动，比如打牌等。

167 牌 (pái)：，也叫“纸牌”，或“扑克牌”。打牌也叫玩牌。

168 请看练习。

169 副 (fù)：量词。

只猫起了‘拱猪’和‘加倍’的名字。这种牌，三个人或者四个人都可以玩。”

张杰对安娜说：“来，我先解释一下，怎么玩‘拱猪’。这个游戏不难，我想你一定会喜欢的。你看，这是黑桃[170]Q，我们叫它‘猪’，有＋100 分呢。到游戏结束的时候，谁有这张牌，谁就是一只‘小猪’。做‘小猪’不要紧，但是你得想办法不要做‘大猪’：如果几次游戏后，你得到了＋1000 分，你就是只‘大猪’，你输了。……”[171]

张杰慢慢地解释怎么玩牌。一刻钟后，安娜说：“我想，我现在有点儿知道怎么玩了。我们试一下，好吗？”

他们开始练习。刚开始，安娜总是做‘大猪’。渐渐地，她打牌打得越来越好了。

半小时后，张杰说：“安娜，练习时间结束。我们现在开始打牌吧！”

“好！这真是个好游戏，不用说汉语！我喜欢。我想，我能让你们俩做‘小猪’——不，做‘大猪’！”

“不过，安娜，从现在开始，谁做了大猪，得让别人在脸上画一个小猪哦！”

“好啊！我们看看，谁脸上的小猪最多！”安娜笑着说。

他们三个人开始打牌。

半夜一点，他们还坐在桌前打牌，每个人脸上都画满了小猪。

三点钟，张杰撑[172]不住了：“安娜，对不起，我要睡觉了，几小时以后我还得去上班呢。”

“我今天不上班，但是我也很累了！”王佳颖说，她已经困[173]得睁不开眼睛了。

---

170 黑桃 (hēitáo)：♠

171 如果你想和朋友一起玩“拱猪”，请见附录 2 里详细的解释。

172 撑 (chēng)：支持，坚持。

“好吧。我也累了。我们今天晚上再玩吧。再见！”安娜慢慢地走回自己的房间。

“今天晚上再玩？！”张杰和王佳颖睁大了眼睛，你看我，我看你，一脸苦笑[174]。

（二）

“嘀呤呤[175]……”早上六点半，张杰房间里的闹钟[176]响了。他根本没有听见，还在睡觉。

“嘀呤呤……，嘀呤呤……”张杰房间里的电话响了。他眯[177]着眼睛、打着哈欠，拿起了电话。

“喂……”

“喂，张杰吗？怎么还在睡觉啊？！快来！公司开会!”电话里，张杰的同事叫着。

张杰一下子醒了，他抬头看看墙上的钟：9点30分。

“我就来！马上就来！！”

他冲[178]进浴室，飞快地刷牙洗脸[179]。昨天晚上画在脸上的小猪很难洗掉，急得他满头大汗。

---

173 困 (kùn)：很累，想睡觉。

174 苦笑 (kǔxiào)：很勉强地笑。

175 嘀呤呤 (dīlīnglīng)：象声词，形容铃响的声音。

176 闹钟 (nàozhōng)：

177 眯 (mī)：眼睛只睁开一点儿。

178 冲 (chōng)：飞快地跑。

179 刷牙 (shuā/yá)：　洗脸(xǐ/liǎn)：用湿毛巾把脸擦洗干净。
中国人习惯：早上起床后不洗澡，而是刷牙洗脸，然后吃早饭。洗澡一般在晚上。

晚上 6 点，张杰下了班，坐地铁[180]回家。在离家不远的地方，遇到王佳颖。她刚在超市里买了些水果。

"嗨！今天怎么样？"她问。

张杰摇了摇头："别说了！因为迟到，我被经理骂了半个多小时！……安娜呢？怎么没有和你一起出来？"

"她不想出来。她上午只和两只猫玩，午饭后就一个人练习'拱猪'，等你回家后继续打牌呢！"

他们慢慢走回家。

到了门口，张杰正要开门，王佳颖拉住他，说："等等！你听……"

屋里，安娜在唱一首歌儿："看丝丝小雨，轻飘在窗前；听丝丝小雨，轻轻打在屋檐[181]。……"

张杰悄悄地打开门，看见安娜坐在桌边，一边玩牌一边唱歌儿。两只猫坐在桌上，静静地听着。

安娜转身拿水喝，看见了张杰和王佳颖。他们两人一齐拍手说："安娜，你唱得真好！"

"谢谢！——哦，不，我得象中国人一样，说：哪里，哪里。我唱得不好！"安娜笑道。

"不！你唱得非常好。这是一首上世纪[182]七十年代[183]的歌儿，叫'一个小心愿[184]'，非常好听。是谁教你的？"

---

[180] 地铁 (dìtiě)： 

[181] 屋檐 (wūyán)：屋顶向两旁伸出的边沿部分。 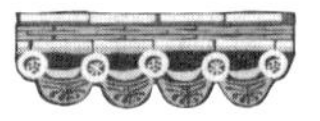

[182] 世纪 (shìjì)：每一百年就是一个世纪。
上世纪：就是指二十世纪。

[183] 年代 (niándài)：从'…0'到'…9'的十年，如 1970 – 1979 是二十世纪七十年代。

[184] 心愿 (xīnyuàn)：愿望。

“是我的汉语老师教我的。我很喜欢这首歌儿。”安娜拿起了牌，问：“我们继续打牌，好吗？”

“等等，安娜，我们先做饭吧。我饿了！”张杰说。

“好吧！”

三个人一起做了饭，然后大家一边吃饭，一边看电视。

电视里正在播放广告：

外国人唱中国歌大奖赛[185]

欢迎在中国的外国朋友报名[186]！

王佳颖和张杰互相看了看，轻轻笑了笑。

王佳颖对安娜：“安娜，你看，电视台举办外国人唱中国歌大奖赛，快去报名。你歌儿唱得那么好，一定会得奖！”

张杰也激动地拍着安娜的肩膀，说：“对，安娜，这是个很好的机会。你不是不想外出旅游了吗？那就去参加唱歌比赛吧！”

“我不参加。”安娜摇着头说，“我们还是在家里打牌吧。”

“这样吧，安娜，”张杰建议，“我们打赌[187]。吃完晚饭，我们一起打牌打到 12 点钟。到时候，如果你赢了，我们以后每天和你打牌；如果你输了，你得答应我们参加这个大奖赛。”

“让我想一下。……好吧，我试试。”安娜说。

---

[185] 大奖赛 (dàjiǎngsài)：大的比赛，赢的人可以得到奖励。

[186] 报名 (bào/míng)：写上自己的名字，表示愿意参加某个活动或组织。

[187]打赌 (dǎ/dǔ)：两个或多个人之间做约定，看一件事情是否能实现或是否真实，输的人得付钱或做他答应了的事。

他们一吃完晚饭就打牌。最初，安娜总是赢。她高兴地笑了。张杰说："别笑，安娜。我们来看看，'看谁笑到最后'[188]！"

慢慢地，安娜开始输了。12 点到了，他们算了一下，安娜输得最多。她笑不出来了。

"我……我一定得去参加比赛吗？可是，我只会唱这一首中国歌儿，怎么去比赛啊？"

"别怕，安娜。我们陪你去报名。中国歌儿嘛，我们可以教你。你会成功的！"张杰和王佳颖一起说。

[188] 请看练习。

练习

一．选择正确答案：

1. 如果你的朋友问你“这本书不好看吗？”你觉得这本书不好看，应该怎么回答？

a．“不，这本书不好看。”

b．“对，这本书不好看。”

2. 什么是“拱猪”？

a．纸牌的名字。

b．猪的头在到处拱。

c．纸牌游戏的名字。

d．一只猫的名字。

3. “安娜觉得她的头都大了”的意思是：

a．因为又理解错了中文的意思，说了不正确的话，安娜很不高兴。

b．安娜生病了，她头痛。

c．安娜的头在长大。

d．安娜的头比张杰和王佳颖的头大。

4. “<u>一转眼</u>，张杰从房间里拿出一副牌”这句话里“一转眼”的意思是：

a．安娜转了一下眼睛　　b．张杰转了一下眼睛

c．指在很短的时间里　　d．指在很长的时间里

5. “张杰和王佳颖……一脸苦笑”这句话的意思是：

a．张杰和王佳颖还不累，所以他们张大了眼睛，高兴地笑。

b．张杰和王佳颖很想和安娜一起打牌。

c．张杰和王佳颖没有想到安娜晚上还想打牌。他们没有办法，不得不陪着。
d．他们不知道该怎么办。

6. “看谁笑到最后”的意思是：
a．看看谁能一直笑，直到别人笑不动。
b．看看谁能赢。
c．看看谁能让别人哭，自己笑。
d．看看谁能够一直不笑。

7. 张杰摇了摇头：“别说了！因为迟到，我被经理骂了半个多小时……”“半个多小时”的意思是：
a．不到 30 分钟。
b．超过 30 分钟。
c．不到 1 ½小时。
d．超过 1 ½小时。

第十章

导读:

- 张杰和王佳颖是怎么帮助安娜参加比赛的？
- 安娜成功了吗？

第二天晚饭后，张杰、王佳颖和安娜来到一个酒吧。安娜想喝酒，却被张杰和王佳颖带进一间有电视的房间。

"这是哪儿？"安娜问。

"你听说过'卡拉OK[189]'吗？"王佳颖问她。

"听说过，德国也有，但是非常少。"

"中国很多，中国人很喜欢唱卡拉OK。安娜，通过唱卡拉OK，你可以学到很多中国歌曲。"

张杰打开电视机和卡拉OK机，选了一首歌曲，然后把话筒[190]交给安娜。安娜一看，正是她喜欢的"一个小心愿"，马上就跟着音乐唱了起来

"……丝丝的小雨，悄悄来到人间。那小雨多诗意，那小雨多可爱，我分外留恋 ……。"

整个晚上，他们都在那儿唱卡拉OK，安娜一下就学会了好几首歌儿。

第三天，王佳颖陪安娜去电视台报了名。

---

189 卡拉OK (Kǎlā Ōukèi)：Karaoke.

190 话筒 (huàtǒng)：也叫"麦克风 (màikèfēng)"。

以后的一些日子里，他们经常去酒吧唱卡拉 OK，有时也打牌。很快，安娜已经会唱很多中文歌儿了。她唱得非常好，顺利地通过了初赛[191]和复赛[192]。她在那儿认识了很多其他国家的朋友，大家在一起说汉语、练习唱中国歌儿，安娜过得很开心。她又有信心和别人用汉语交流了。

很快，安娜要参加决赛[193]了。

决赛前的晚上，他们三个人在起居室里一边看电视一边聊天儿。

“安娜，明天就是决赛，你紧张[194]吗？”王佳颖问。

“有点儿。但是，明天我会尽力，好好唱歌。”

张杰说：“安娜，明天我得参加公司里的会议，不能陪你参加比赛了。王佳颖会陪你去。”

安娜拍拍张杰：“你放心开会吧。[195]不用为我担心。”

“那么，安娜，我预[196]祝你成功！”

第二天，张杰在公司里开了一天的会。会议一结束，他就到花店里买了一大束花儿，叫了一辆出租汽车，来到赛场[197]。比赛还没有结束。张杰没有入场票，只能在外面等。

慢慢地，起风了，乌云[198]布[199]满了天空[200]。过了一会儿，下起了雨。张杰没有带雨伞，只好站在屋檐下。风一阵阵地吹来，雨渐渐地淋[201]湿了他的衣服，他觉得有点儿冷。

---

[191]初赛 (chūsài)：第一轮比赛。

[192]复赛 (fùsài)：初赛后决赛前进行的比赛。

[193] 决赛 (juésài)：决定名次的最后一轮比赛。

[194] 紧张 (jǐnzhāng)：兴奋、不安。

[195] 请见练习。

[196] 预 (yù)：在……之前，事先。

[197] 赛场 (sàichǎng)：比赛的地方。

[198] 乌云(wūyún)：乌：黑。很厚的、颜色灰黑的云。

[199] 布 (bù)：可以用来做衣服的材料，用棉、麻等织成。

终于，比赛结束了。安娜和王佳颖说着笑着走了出来。

张杰迎了上去。“安娜，怎么样？”

安娜看着张杰，说：“我唱了‘一个小心愿’这首歌。我觉得我唱得很好。但是还有其他人唱得比我好。他们得了冠军[202]和亚军[203]，我得了第三名。”

“真的？！第三名！——季军[204]也很好嘛！太棒了[205]！祝贺你！祝贺你！！”张杰高兴极了，把花儿交给安娜，然后一下子抱住了她。

“嘿！张杰，中国人不是不拥抱吗？”安娜问。

“对。不过现在我太高兴了！”张杰抱着安娜转，不觉得雨越下越大了。

“唉！别在大雨里玩，好不好？衣服都湿了。”王佳颖在旁边叫着。

“好！我们去饭店好好庆祝一下吧！我请客！”安娜笑道。

“对，让我们好好庆祝一下！应该我们请……请……请……啊——嚏[206]！”张杰打了一个大喷嚏[207]。

---

[200] 请看练习。
[201] 淋 (lín)：浇。
[202] 冠军 (guànjūn)：第一名。
[203] 亚军 (yàjūn)：第二名。
[204] 季军 (jìjūn)：第三名。
[205] 太棒了 (tài bàng le)：太好了。
[206] 嚏 (tì)：象声词。
[207] 打喷嚏 (dǎ pēntì)

练习

一．请您确定顺序：

1. 大奖赛的顺序是：＿＿＿＿＿＿＿＿＿＿

a．初赛　　b．决赛　　c．报名　　d．复赛

2. 得奖者的名次从第一名到第三名的顺序是：＿＿＿＿＿＿＿＿

a．亚军　　b.冠军　　c.季军

二．请您选择正确答案：

1. "张杰，你放心开会吧。"的意思是：

a．希望张杰不要为安娜担心。

b．希望张杰要一直想着安娜。

c．希望张杰不要害怕。

d．希望张杰要把心放好了再去开会。

2. "乌云布满了天空"的意思是：

a．乌云是一块布。

b．乌云很多，像一块布一样，遮住了整个天空。

c．乌云快要掉下来了。

d．天上的云很难看。

3. "中国人不是不拥抱的吗？"的意思是：

a．中国人经常拥抱，不是吗？

b．中国人拥抱，不是吗？

c．中国人不拥抱，不是吗？

d．我不知道，中国人是不是拥抱。

第十一章

导读:

➢ 安娜为什么要感谢张杰和王佳颖?

第二天，张杰病了。他头疼、发烧、咳嗽、流鼻涕，医生说他感冒了，得在家里休息，还得吃药、打针。

安娜笑着对张杰道歉：“对不起，昨天我好像不应该唱‘一个小心愿’，那首歌里一直在下雨，让你感冒了。”

“那你就再唱一首其他的歌，让张杰的病快点儿好。”王佳颖说。

“不，安娜，如果你愿意，能不能再唱一遍‘一个小心愿’？我很喜欢听。你唱得非常好。”

“……一个小心愿，藏在我心田，愿那小雨，洗去尘烟。一个小心愿，藏在我心田，愿那小雨，把烦忧都洗遍。……”安娜慢慢地唱着，歌声美妙、悠扬[208]。

安娜看着张杰和王佳颖，说：“我要感谢你们。外国人刚到中国的时候，会有很多语言上和文化上的困难。是你们帮助我克服了这些困难。我在德国的时候，汉语老师教过一句孔子[209]的话：**‘三人行，必有我师’**。就是说，如果有三个人在一起，其中一定就有我的老师。你们两位就是我的老师！谢谢！……我想下星期离开北京，一个人去其它地方旅游。你们觉得怎么样？”

---

[208] 悠扬 (yōuyáng)：（说话、唱歌）声音有时高有时低，非常好听。

[209] 孔子 (kǒngzi)：（前 551-前 479）思想家，教育家，哲学家。开创儒家哲学。

“好啊！你不怕再闹笑话[210]吗？”

“不怕。你看，我已经买了一本介绍东方文化的书。我会仔细看这本书，好好了解中国的文化。”

张杰和王佳颖笑了。

三天后，他们俩送安娜上了去上海的火车。

火车快要开了。

“安娜，祝你旅途愉快！”

“谢谢！谢谢你们！！我会和你们保持联系的。再见！”

安娜在中国的旅行开始了。

---

210 闹笑话 (nào xiàohuà)：因为没有经验而作错事，让别人笑。

练习

一．请您选择合适的词填空：

克服　旅行　困难　感冒　交流

张杰______________了。

安娜感谢张杰和王佳颖。因为他们帮助安娜______________了很多______________。现在，安娜不再害怕和别人______________了，她一个人坐上火车，开始了在中国的______________。

二．请您选择正确的答案：

1. 如果我__________________，我可能感冒了。

a．头疼　b．肚子疼　c．咳嗽　d．呕吐
e．腹泻　f．流鼻涕　g．发烧　h．出血

2. 哪些话是你送别朋友的时候说的？

a．祝你早日康复！
b．祝你旅途愉快！
c．祝你们白头偕老！
d．祝你一路顺风！

3. 哪些话是语法正确的？

a．安娜去上海旅行。
b．安娜旅行上海。
c．安娜在上海旅行。
d．安娜旅行在上海。

附录 1

部分练习答案

第一章

一.　对，错，错，对，对。

二.　A，B，B，C，B.

第二章

一.　对，对，对，错，错。

二.　安娜暑假里(或：暑假里安娜)要去中国旅游几个星期。

张杰和安娜在银行门口见面。

出租车司机张杰要结婚了。

因为路上堵车，张杰迟到了。

第三章

一. 1. a，b　2. b　3. b　4. c　5. c

二. 1. 开，过来

2. 住

3. 起，去

4. 起来

第四章

一.　大家慢慢吃，干杯，大家一起吃，夹菜，菜，饭，汤

二.　1. b, c, d　2. a, b　3. a, d

第五章

一.　a，b，c，c，c，c，d，a/d.

二.　1. 因为，被 2。都　3。瓶

4. 又，又　5。用

第六章

一.　加班，一个人做饭，把食物放进微波炉里热，放入锅子里煮

二.　b,c,d.

第七章

一.　错，对，错，错

二.　b,a,c,b.

三.　1。王佳颖的表妹就要结婚了。
　　2. 安娜很高，很漂亮。
　　3. 安娜回答了很多问题。
　　4. 安娜在柏林学习。
　　5. 晚饭以后，安娜出去散步。
　　6. 我比你矮二十厘米。

第八章

一.　安娜和王佳颖一起去天津参加婚礼。
　　难道我的礼物不漂亮吗？
　　他们不会对你生气。
　　安娜觉得中国的婚礼很有意思。
　　婚礼越热闹越好。

第九章

1. b　2. a, d　3. a　4. c
5. c　6. b　7. b

第十章

一. 1. c,a,d,b　2. b,a,c

二. a,b,c

第十一章

一. 感冒, 克服, 困难, 交流, 旅行

二. 1. a,c,f,g　　2. b, d　　3. a, c

附录 2

怎么玩"拱猪"游戏？

I. "拱猪"是 3 人或 4 人扑克牌[211]游戏。

II. 基础知识：

1. 花色：每副牌都有四个花色：♥红桃、♠黑桃、◆方块、♣草花[212]。
2. 牌的大小：无论什么花色的牌，从大到小先后是：A，K，Q，J，10，9，8，7，6，5，4，3，2。
3. "猪、羊、变压器[213]"：
   "猪"牌—♠Q，"羊"牌—◆J，"变压器"牌—♣10。
4. 参加玩牌的人是"玩家"；拿牌称"摸牌"；玩牌时把牌放到桌上叫"出牌"；每个玩家出一次牌，是"一轮"；大家手里的牌都出完了，叫"一局"[214]。

III. 游戏步骤：

1） 摸牌：

➢ 四人玩牌时，使用 52 张牌，大家按逆时针[215]方向摸牌，直到 52 张牌都摸完，每个玩家得到 13 张牌。

---

[211] 扑克牌(pūkèpái)：牌，也称为"扑克牌"。

[212] 红桃：hóngtáo　黑桃：hēitáo　方块：fāngkuài　草花：cǎohuā

[213] 变压器：biànyāqì

[214] 玩家：wánjiā　摸牌：mō/pái　出牌：chū/pái　一轮：yī lún　一局：yī jú

[215] 逆时针 (nìshízhēn)：和钟表指针走的方向相反。↺

- 三人玩牌时，去掉一张♠2，使用 51 张牌。每个玩家得到 17 张牌。

2） 理牌：

- 摸完牌后，玩家将手中的 13 张牌按照花色和大小整理好。

3） 亮牌：

- 也叫卖牌。开始出牌前，玩家可以将手中的“猪”(♠Q)、“羊”(♦J)、“变压器”(♣10)和♥A 亮出来，这些牌的分值[216]加倍[217]；如果♥A 亮了，所有的红桃牌分值加倍（见“算分”）。

4） 出牌：

- 第一局，拿到♣2 的人先出牌，并且必须出♣2。以后每局开始时由上一局得到“猪”牌（♠Q ）的玩家首先出牌。. 同一局里，每轮出牌时，由上一轮出最大牌的玩家首先出牌，其他玩家按逆时针方向先后出牌。
- 每个玩家一轮牌里只能出一张牌。
- 同一轮里，*比如：*首先出牌的人出了一张方块♦牌，后面的玩家也必须出方块♦牌。如果玩家没有这个花色，可以出其他花色的牌（比如出“猪”牌♠Q），这叫“垫[218]”。
- 一轮出牌后，出最大的牌的人得到该轮的所有分牌（见下面的解释）。亮过的牌不能在这个花色第一轮出牌时出，但可以在其他玩家出其他花色时垫出去。

---

216 分值 (fēnzhí)：分数。
217 加倍：见解释 27。
218 垫：diàn

但是如果玩家这个花色只有一张牌，比如黑桃牌只有一张♠Q，那么黑桃出牌时必须出♠Q，不管黑桃有没有亮过牌。

5） 算分：

- **一局牌结束后，大家算分**。每个玩家得到的**分牌**（见下面的解释）的分值越小越好。每个玩家每局的得分[219]都要记下来。一局或几局以后，如果有一个玩家得分超过＋1000分，他就是一只“大猪”。别的玩家可以在他脸上画一只小猪。如果有一个玩家得分小于－1000 分，那么其他几个玩家就都是“大猪”，得－1000 分的玩家可以在其他玩家脸上画小猪。
- **分牌**：就是有**分值**的牌——“猪”（♠Q）、“羊”（♦J）、“变压器”（♣ 10）和所有♥牌。

  “猪”♠Q： *＋100* 分；如果亮过则是： *＋200* 分。

  “羊”♦J： *－100* 分；如果亮过则是： *－200* 分。

  ♥2、♥3、♥4： *0* 分；

  ♥5、♥6、♥7、♥8、♥9、♥10 每张牌： *＋10* 分；

  ♥J： *＋20* 分；

  ♥Q： *＋30* 分；

  ♥K： *＋40* 分；

  ♥A： *＋50* 分。

  如果♥A 亮过，所有♥牌的分数加倍。

  得到 “变压器”♣10 的玩家，到最后算分时他得到的分牌的分数加倍（*x2*），如果♣10 亮过，那么 *x4*。
- 如果玩家只得到♣10，没有其它分牌，得 *－50* 分；如果♣10 亮过，得 *－100* 分。

[219] 得分 (défēn)：得到的分数。

如果玩家除了得到♣10，还有♥2、♥3 和♥4 这三张没有分的红桃牌，那么总分数是 *0* 分。

- **满红**：
  如果玩家在一局游戏结束时得到了全部 13 张红桃牌♥，称为“满红”。他可以得到 *－200* 分。如果♥A 亮过，得 *－400* 分。
- 满贯[220]：
  如果玩家在一局游戏结束时得到了全部分牌（全部 13 张♥牌，猪牌♠Q，羊牌♦J，和加倍♣10），称为“满贯”。得 *－1000* 分。其他的玩家都是“大猪”。

祝大家玩得高兴！

220 满贯：mǎnguàn

附录 3

菜谱

1. 狮子头

原料:

猪肉糜 800 克[221], 肉汤 100 克, 青菜[222]1250 克。
盐[223]、米酒、水、葱[224]、姜末[225]、淀粉[226]

做法:

1. 猪肉糜加葱、姜末、水、盐、酒、淀粉, 顺一个方向搅拌。青菜在油锅中煸至翠绿色, 加盐、猪肉汤烧开。
2. 将青菜放入锅子, 倒入肉汤, 烧开。
3. 将搅拌好的肉糜分成几份, 做成光滑肉圆, 放在菜上, 盖好盖子, 烧开, 然后用小火焖两小时。

2. 蚂蚁上树

---

[221] 克 (kè): gramme.
[222] 青菜 (qīngcài): 中国的一种蔬菜。可以炒或者烧。亚洲店有卖。
[223] 盐 (yán): salt.
[224] 葱 (cōng):
[225] 姜 (jiāng): 。 姜末 (jiāngmò): 把姜切碎。
[226] 淀粉 (diànfěn): 让食物或汤变稠的粉。亚洲店有卖。

原料:

粉丝（亚洲店有卖）100 克，猪肉糜 75 克。

油 750 克，葱一根，姜 3 克，大蒜[227]一瓣[228]，豆瓣酱[229]13 克，辣椒粉 1 克，酱油[230]20 克，米酒 13 克，水 300 克。

做法:

1. 粉丝剪成 10 厘米左右长，放入 750 克热油中，炸到粉丝发泡。
2. 葱、姜和大蒜都切碎。
3. 锅中放一点油，将猪肉糜炒熟，然后把豆瓣酱、葱、姜、蒜放入，炒出香味后倒入米酒和酱油，加水 300 克，把粉丝放入锅中烧开。转小火烧 3－5 分钟，汤汁收干就可以了。

大家慢慢吃！

---

227 大蒜 (dàsuàn)：

228 瓣 (bàn)：量词，指一片大蒜。

229 豆瓣酱 (dòubànjiàng)：用大豆做的一种调味料，辣。亚洲店有卖。

230 酱油 (jiàngyóu)：用大豆做的一种调味料。也叫生抽（shēngchōu, 颜色淡）或老抽（lǎochōu, 颜色深）。亚洲店有卖。

一个小心愿

看丝丝小雨，轻飘在窗前。
5
听丝丝小雨，轻轻打在屋檐。
9
丝丝的小雨，悄悄来到人间。
13
小雨多诗意，那小雨多可爱，我分外留恋
17
一个小心愿，常在我心田，愿那
22
1.
2.
小雨，长留人间。烦忧都洗遍。